CATALOGUE

DE

TABLEAUX

ANCIENS & MODERNES

PAR

BARON, BELLANGÉ (HIPPOLYTE), DECAMPS, DIAZ
LACROIX (DE), PASINI, ROBERT-FLEURY
ROQUEPLAN, SCHEFFER (ARY), SCHENCK, VERNET (CARLE)
VERNET (JOSEPH), VERNET (HORACE), WYNANTS, ETC.

Composant la Collection de M. X...

ET DONT LA VENTE

PAR SUITE DE DÉCÈS

AURA LIEU

HOTEL DROUOT, SALLE Nº 6

Le Lundi 21 Février 1910

à 2 heures 1/2

Mᵉ LAIR-DUBREUIL	M. HENRI HARO
COMMISSAIRE-PRISEUR	PEINTRE-EXPERT
6, rue Favart, 6	14, rue Visconti, et rue Bonaparte, 20

EXPOSITION PUBLIQUE

Le Dimanche 20 Février 1910, de 1 heure 1/2 à 6 heures.

Ce catalogue se distribue à Paris :

Chez Mᵉ LAIR-DUBREUIL, commissaire-priseur, *6, rue Favart*.

Chez M. HENRI HARO, peintre-expert, *14, rue Visconti, et rue Bonaparte, 20*.

CONDITIONS DE LA VENTE

Elle sera faite au comptant.

Les acquéreurs paieront *dix pour cent* en sus des enchères.

Paris. — Imp. Georges Petit, 12, rue Godot-de-Mauroi. - 18200-10.

Tableaux Anciens

BARON

1 — *Les Joueurs de cartes.*

> Au fond d'un cabaret, deux soldats jouent aux cartes. Une vieille femme et un enfant les regardent, vivement intéressés.
> Signé en bas, à droite.

> Bois. Haut., 42 cent.; larg., 28 cent.

BARON

2 — *Le Tableau noir.*

> Signé en bas, à droite.

> Bois. Haut., 22 cent.; larg., 15 cent.

BELLANGÉ (Hippolyte)

3 — *Les Adieux du soldat.*

> Signé à gauche, en bas, et daté : *1856.*

> Bois. Haut., 24 cent.; larg., 19 cent.

CHAMPAGNE (Philippe de)?

4 — *Portrait de Marie Angélique Arnauld, abbesse de Port-Royal.*

Toile. Haut., 1 m. 21 ; larg., 85 cent.

COLIN (A.)

5 — *Le Repos du Pacha.*

Signé en bas, à gauche, et daté : 1829.

Toile. Haut., 60 cent. ; larg., 73 cent.

CORRODI (H.)

6 — *Le Viatique, effet de lune.*

Signé en bas, à gauche, et daté : *Roma.*

Toile. Haut., 71 cent. ; larg., 43 cent.

COUTURIER (P.-L.)

7 — *La Basse-cour.*

Signé en bas, à gauche.

Bois. Haut., 48 cent. ; larg., 73 cent.

DECAMPS

8 — *Le Riche Musulman et le mendiant.*

A la sortie d'un temple, un riche musulman, vêtu d'un manteau écarlate, est abordé par deux mendiants qui lui demandent l'aumône. L'un est debout, à droite ; l'autre, à gauche, est assis au bas d'une grosse colonne et lui tend la main.

Signé en bas, à gauche.

Toile. Haut., 29 cent.; larg., 24 cent.

DIAZ

9 — *Les Femmes turques.*

A l'ombre de grands arbres, un groupe de jeunes femmes se reposent et se préparent à fumer un narghileh ; elles sont revêtues de parures chatoyantes et de joyaux de toutes sortes ; deux esclaves les accompagnent.

Dans le fond, un paysage pittoresque est tout ensoleillé.

Signé en bas, à droite.

Toile. Haut., 46 cent.; larg., 38 cent.

DIAZ

10 — *Sous bois.*

Signé en bas, à gauche.

Toile. Haut., 27 cent.; larg., 17 cent.

ÉCOLE FLAMANDE

145 11 — *La Femme allaitant son enfant.*

Bois. Haut., 25 cent ; larg., 19 cent.

ÉCOLE FRANÇAISE

440 12 — *La Danse, réunion galante.*

Toile. Haut., 72 cent. ; larg., 88 cent.

ÉCOLE FRANÇAISE

PENDANT DU PRÉCÉDENT

160 13 — *La Promenade en bateau, effet de nuit.*

Toile. Haut., 72 cent.; larg., 88 cent.

ÉCOLE HOLLANDAISE

400 14 — *Le Chemin sous bois.*

Toile. Haut., 68 cent.; larg., 86 cent.

ÉCOLE HOLLANDAISE

215 15 — *La Dévideuse.*

Bois. Haut., 30 cent.; larg., 23 cent.

ÉCOLE ITALIENNE

55 16 — *Le Petit pasteur.*

Toile. Haut., 74 cent.; larg., 55 cent.

FRÈRE (Th.)

17 — *Intérieur de café arabe à Boyk-Déré,
près de Constantinople.*

Signé en bas, à droite.

Bois. Haut., 31 cent.; larg., 47 cent.

180

GÉRICAULT

18 — *Cheval en liberté.* Étude.

Toile. Haut., 25 cent.; larg., 33 cent.

210

GROSCLAUDE (L.)

19 — *La Bonne prise de tabac.*

Signé en bas, à gauche.

Toile. Haut., 81 cent.; larg., 65 cent.

100

GROSCLAUDE (L.)

20 — *Enfant mangeant sa soupe.*

Signé en haut, à droite, et daté : *1866.*

Toile. Haut., 55 cent.; larg., 46 cent.

GUILLONI

21 — *L'Heureuse famille.*

Signé en bas, à gauche, et daté : 57.

Bois. Haut., 46 cent.; larg., 54 cent.

600

KALKREUTH

22 — *Montagnes recouvertes de neige.*

320

Signé en bas, à gauche, et daté : *Weimar,
1873.*

Toile. Haut., 1 m. 41 ; larg., 2 m. 12.

KOCH (Élisa)

23 — *Les Souliers de Noël.*

Signé en bas, à gauche.

Toile. Haut., 86 cent.; larg., 58 cent.

LACROIX (Étienne-François de)

(Élève de JOSEPH VERNET)

24 — *Vue du port de Gênes.*

4000
Martin

Au premier plan, des pêcheurs sont ins-
tallés sur un petit rocher ; derrière eux, un
chemin monte pour passer sous un vieux
portique. A droite, une frégate sur le devant
d'une petite île surmontée d'un monument
en ruine. Au fond, on aperçoit le commen-
cement de la ville au pied d'une montagne
et d'un château-fort.

Signé à droite et daté : *1773.*

Toile. Haut., 1 m. 48 ; larg., 2 m. 16.

LACROIX (Etienne-François de)

(Élève de JOSEPH VERNET)

PENDANT DU PRÉCÉDENT

25 — *Vue prise à Baia.*

A droite, se trouve un imposant monument. Des personnages se promènent au premier plan, regardant un canot sur le point d'aborder. Au fond, se dresse un phare en avant d'une forteresse. Deux navires sont amarrés à gauche. Effet de soleil couchant.

Signé et daté.

Toile. Haut., 1 m. 48; larg., 2 m. 16.

LAPORTE (Ch.)

26 — *Le Saut d'obstacle.*

Signé en bas, à droite, et daté : *1828*.

Toile. Haut., 57 cent.; larg., 78 cent.

LAPORTE (Ch.)

27 — *Cheval de course en liberté.*

Toile. Haut., 57 cent.; larg., 78 cent.

LHULLIER

28 -- *Arabe jouant avec un chat.*

180

Signé en bas, à droite, et daté : 1865.

Toile. Haut., 5o cent.; larg., 65 cent.

PAPETY (Dom.)

29 — *Jeune Italienne.*

160

Signé en bas, à gauche.

Toile. Haut., 73 cent.; larg., 6o cent.

PASINI

30 — *Une Rue au Caire.*

805

G. Bernheim

Dans une étroite et pittoresque rue d'Orient, où les rayons du soleil ne peuvent pénétrer, règne une grande activité. A gauche, ce sont deux riches Musulmans, descendus de leurs chevaux, qui font une visite ; à droite, des marchands discutent avec des clients. Au fond, un vieil Arabe s'en va sur son âne.

Signé en bas, à droite, et daté : 1861.

Toile. Haut., 35 cent.; larg., 27 cent

RAPHAEL (D'après)

31 — *La Vierge au chardonneret.*

105

Cadre bois sculpté.

Toile. Haut., 1 m. o5; larg., 77 cent.

RENI (École de Guido)

32 — Tête d'une sainte.

Toile. Haut., 42 cent.; larg., 33 cent.

RIGAUD (École de)

33 — Portrait de Jean de la Fontaine.

Toile. Haut., 80 cent. ; larg., 64 cent.

ROBERT-FLEURY

34 — Bernard Palissy.

Bernard Palissy est assis dans son atelier, à côté de son four, un livre entre les mains. Tout autour de lui, gisent pêle-mêle quantité d'ustensiles, outils ou produits de ses recherches. Ici, ce sont des plats émaillés ; là, c'est une cornue ; plus loin, des vases, un mortier, une pierre à broyer ; au fond, un vitrail peint. Mais soudain un bruit l'interrompt et lui fait tourner la tête : la porte s'ouvre ; des soldats paraissent à droite avec un moine portant un crucifix ; ils viennent arrêter l'hérétique.

Signé en bas, à gauche, et daté : *1838*.

Toile. Haut., 76 cent.; larg., 92 cent.

ROBERT-FLEURY (Tony)

35 — *A l'Église.*

Une jeune Italienne, épuisée par la marche, vient de se réfugier au pied d'un autel. Près d'elle, ses hardes qui viennent de s'échapper de sa main.

Signé en bas, à gauche.

Toile. Haut., 55 cent.; larg., 45 cent.

ROQUEPLAN (Camille)

36 — *Jeune femme au perroquet.*

Signé au milieu, à droite.

Bois (forme ovale). Haut., 19 cent.; larg., 15 cent.

SCHEFFER (Ary)

37 — *Le Naufrage.*

Le ciel est noir, la mer est démontée; sur le rivage, au sommet d'un rocher, un groupe d'hommes, de femmes et d'enfants, scrutent les ténèbres avec terreur. Les leurs sont partis et ne sont pas rentrés.

Un vieillard essaye de percer l'obscurité de ses yeux hagards. Une mère s'est affaissée éplorée, entourée de ses enfants; une jeune femme regarde l'horizon avec des gestes désespérés. A gauche, une jeune fille ne peut supporter plus longtemps la vue de ce désastre et se réfugie dans le sein de sa mère.

Signé en bas, à droite, et daté.

Toile. Haut., 90 cent; larg., 1 m. 16.

SCHENCK

38 — *Biches dans les broussailles.*

Signé en bas, à droite.

Toile. Haut., 54 cent.; larg., 65 cent.

SCIFONI (Anatolio)

39 — *La Mission de la Croix.*

Signé en bas, à droite, et daté : *Roma,*
1871.

Cadre bois sculpté.

Toile. Haut., 57 cent.; larg., 1 m. 21.

TECCHEM

40 — *Vue de Berlin ; les bords de la Sprée.*

La Sprée coule lentement entre deux
rangées de maisons. Des bateaux viennent
se décharger devant les usines. Au premier.
plan, différents personnages sur un pont,
pêchent à la ligne.

Signé en bas, à droite, et daté : *1784.*

Toile. Haut., 56 cent.; larg., 99 cent.

TECCHEM

41 — *Vue de Berlin; monuments et place publique.*

Autour d'une place publique s'érigent d'imposants monuments, dont une église. Une vaste avenue, bordée d'arbres, s'en va à gauche.

Signé en bas, à droite, et daté : *Berlin,* *1784.*

Toile. Haut., 56 cent.; larg., 99 cent.

TECCHEM

42 — *La Cour de ferme.*

Dans une cour de ferme, on donne la provende aux animaux de toutes sortes qui se promènent librement.

Toile. Haut., 56 cent.; larg., 99 cent.

VERNET (Carle)

43 — *Arabe tenant son cheval par la bride.*

Un serviteur arabe tient le cheval richement caparaçonné de son maître. Dans le fond, à gauche, sur une terrasse, on voit le pacha auquel des serviteurs apportent des rafraîchissements.

Signé en bas, à gauche, et daté : *1824.*

Toile. Haut., 60 cent.; larg., 73 cent.

VERNET (Horace)

44 — *L'Arabe et le mendiant.* Esquisse.

Toile. Haut., 38 cent.; larg., 46 cent.

VERNET (Horace)

45 — *L'Albanais.* Étude.

Toile. Haut., 24 cent.; larg., 37 cent.

VERNET (Joseph)

46 — *Le Naufrage.*

Au bord d'une côte bordée de rochers, la mer est déchainée. A gauche, une frégate est en train de sombrer, mais quelques survivants se sont sauvés sur une barque et essayent d'aborder sur un rocher aigu et menaçant : des hommes perchés sur le roc les aident à débarquer en les hissant à l'aide d'une corde. Derrière eux, une femme éplorée lève les bras au ciel. Au fond, au sommet d'un rocher, un donjon découpe sa sombre silhouette.

Toile. Haut., 65 cent.; larg., 97 cent.

VERNET (Joseph)

47 — *Le Matin*.

Sur la rive, à gauche, des pêcheurs sont occupés à préparer leur repas; ils sont éclairés par la lueur du feu, au-dessus duquel pend une marmite. A droite, deux autres pêcheurs sont en train de retirer leur filet.

Sur le sommet d'un petit rocher, deux femmes et un homme regardent les navires ancrés dans le port. Plus loin, une grosse tour, au pied de laquelle travaillent quelques mariniers. Au fond, quelques navires se devinent dans la brume que dissipe le soleil levant.

Signé en bas, à droite, et daté : *1769*.

Toile. Haut., 65 cent.; larg., 97 cent.

VERNET (Joseph)

48 — *Le Soir.*

Sur la droite, au sommet d'un rocher et
sur le bord du chemin, un calvaire se profile
sur le ciel, quelques pèlerins sont age-
nouillés devant. La route s'en va passer sous
une pittoresque petite maison accrochée
sur le flanc du rocher. A gauche, deux
hommes avec leurs femmes regardent le
produit de leur pèche. Plus loin, d'autres
pècheurs enlèvent les poissons du filet
qu'ils viennent de retirer de l'eau.

Au fond, des montagnes et le rivage sont
éclairés par les derniers rayons du soleil
couchant.

Signé en bas, à gauche.

Toile. Haut., 65 cent.; larg., 97 cent.

VERNET (Joseph)

49 — *La Nuit.*

Au fond, la ville est la proie des flammes. Par la porte qui est à droite, se sauvent les habitants effarés; ils sont à peine vêtus, emportant ce qu'ils ont pu arracher au désastre. Les uns s'en vont en charrette, les autres à pied, traînant leurs enfants en larmes; sur un pont, au premier plan, un âne refuse d'avancer. En bas, à gauche, des gens se sont affalés par terre et se lamentent. Devant la ville, une goëlette embarque quelques habitants et s'apprête à partir.

Toile. Haut., 65 cent.; larg., 97 cent.

WOUWERMAN (D'après)

50 — *Laveuses au bord de la rivière.*

Cadre en bois sculpté.

Bois. Haut., 25 cent.; larg., 32 cent.

WYNANTS

51 — *Paysage accidenté et figures.*

A gauche, un pittoresque chemin s'enfonce en montant dans la forêt. Quelques personnages en descendent. A droite, s'étend la plaine, bordée à l'horizon par des collines.

Ciel nuageux.

Signé en bas, à droite, et daté.

Bois. Haut., 49 cent.; larg., 78 cent.

52 — Sous ce numéro, seront vendus les tableaux non catalogués.